MARIO BIMBATO:
CONTOS

MARIO BIMBATO:
CONTOS

Manole

Minha Editora é um selo editorial Manole Conteúdo

Editor gestor: Walter Luiz Coutinho
Editora: Cristiana Gonzaga S. Corrêa
Produção editorial e projeto gráfico: Visão Editorial
Capa: Daniel Justi

Dados Internacionais de Catalogação na Publicação (CIP)
(CÂMARA BRASILEIRA DO LIVRO, SP, BRASIL)

Bimbato, Mario
Mario Bimbato: contos. — Barueri, SP : Manole,
2017.
ISBN 978-85-7868-290-3
1. Contos brasileitos I. Título.

17-02085 CDD-869.3

Índices para catálogo sistemático:
1. Contos : Litertura brasileira 869.3

1ª edição - 2017

Editora Manole Ltda.
Avenida Ceci, 672 - Tamboré
06460-120 - Barueri - SP - Brasil
Tel.: (11) 4196-6000
www.manole.com.br | info@manole.com.br
Impresso no Brasil | *Printed in Brazil*

Este livro contempla as regras do Acordo Ortográfico da Língua Portuguesa de 1990, que entrou em vigor no Brasil em 2009.

SUMÁRIO

PREFÁCIO

ESTE LIVRO DE contos narra histórias reais e fictícias sobre fatos variados. Diferentemente de minhas obras anteriores sobre títulos cambiais, este trata de temas amenos.

Sobre a obra, disse Marcos Arruda Raposo, mestre em Direito pela Universidade de Yale, professor e advogado no Rio de Janeiro, que "se pode lê-la sem dificuldade, pois se cuida de trabalho leve e descontraído".

São Paulo, janeiro 2017

OS CONTOS DO MARIO

Marcos Arruda Raposo

MEU DILETO AMIGO Mario Bimbato honrou-me ao pedir que escrevesse algumas palavras de apresentação ao leitor deste seu livro de contos. Admitamos, escolheu mal, escolheu alguém que nenhum título possui nesse campo tão difícil da literatura, de modo que só me resta dizer a verdade: conheço Mario há muitos anos, somos amigos de um tempo tão recuado que se confunde com o de suas histórias, uma época quase mítica em que penávamos para obter o mesmo grau acadêmico em uma prestigiosa universidade na Nova Inglaterra.

Mesmo à sombra daquelas torres góticas e sob o enregelante vento hibernal, Mario jamais se deixou conquistar pela solidão. Inabalável ao mau tempo, estoico ante o volume desumano de leitura a que nos obrigavam os professores, invulnerável ao isolamento, Mario parecia circunspecto a quem não o conhecesse, em sua típica atitude de cofiar a barba veneziana sopesando sabe-se lá que considerações filosóficas, o olhar no vazio. Nunca o vi, porém, aborrecido, jamais sorumbático, triste, deprimido. Ao contrário, mostrava-se sempre disposto ao calor do debate em mesa de amigos, a mais uma cerveja, a um bom prato, que devorava com o apetite dos magros que nunca engordam. Ria com frequência, ria dos outros, de si e do mundo com uma risada, perdoem-me o galicismo inevitável, *saccadée*, característica, inconfundivelmente sua.

Depois disso, fomos colegas no departamento jurídico de uma grande mineradora, mas perdemo-nos nos anos que se seguiram, quando ele prestou concursos públicos, passou laureado, litigou na Justiça para ser nomeado e foi vitorioso. Isso, tão bom para sua carreira, significou uma perda demolidora para seus amigos do Rio, que deixamos de vê-lo com a assiduidade merecida depois que ele assumiu postos importantes e foi morar em Brasília.

Um bom amigo, porém, nunca está verdadeiramente perdido, e agora o temos de volta, bem disposto como sempre e como nunca. Mario, que já nos brindara com suas canções, presenteia-nos dessa vez com este livro, cheio de relatos vívidos, em fortes cores, autênticos. Por meio deles, nos comunica algo de sua infância no interior de Goiás, das histórias impregnadas de regionalismo que ouviu por lá, de causos de padres, de tropeiros, de capiaus e de gente simples das pequenas cidades do interior, além de fábulas populares em que os animais contam espertezas que ninguém mais poderia resgatar, nem com tanta propriedade.

Ao contrário de suas dissertações anteriores sobre a teoria do Direito ou os títulos de crédito, o livro que tenho o prazer de apresentar mostra um Bimbato leve, descontraído, de fácil leitura, alegre no contar e sóbrio no julgar. Conta apenas, e conta muito bem suas histórias curtas e boas como bombons de licor, reservando quase sempre ao leitor a tarefa de passar julgamento. E assim, mais uma vez, surpreende.

É livro que se lê com grande prazer, apenas não o recomendo aos insones, que precisam de textos pesados e soníferos. Atenção, portanto: este livro não dá sono, dá é vontade de ler mais, de ler de uma sentada só, e até o fim.

PADRE SEBASTIÃO

O PADRE SEBASTIÃO nasceu na Alemanha, onde combateu na Primeira Guerra Mundial. Ordenou-se sacerdote redentorista e veio para o Brasil em 1920. Dono de uma saúde de ferro, jamais ficou gripado.

Seu prazer era rachar lenha para a cozinha às cinco horas da manhã. Certa vez, um escorpião o picou, e quem morreu foi o escorpião.

Montado num burrico, percorria o sertão de Goiás para evangelizar a população rural. Ouvia muitas histórias de assombração, casas mal-assombradas, mula sem cabeça, etc.

Certa vez, contaram-lhe que, no caminho do mato, à noite, surgia um vulto branco que assombrava os passantes. Sebastião, viajando à noite com seu burrico, viu a estranha aparição e foi verificar do que se tratava. Era a folhagem de uma planta, que, revolvida pelo vento, tornava-se branca.

Capturava cobras, escorpiões, lagartos e outros bichos e os remetia ao Instituto Butantã, em São Paulo.

Morreu aos 96 anos de idade, na cidade de Goiânia. Até hoje, é lembrado como uma lenda, mas é uma lenda apenas parcial. Muitas das histórias que dele contam são verdadeiras.

O LOBISOMEM

NO SERTÃO DE Goiás, era comum ouvir histórias de lobisomem, uma espécie homem-lobo que diziam aparecer em noites de sexta-feira, especialmente nas enluaradas, assustando e atacando a quem estivesse por perto.

Em Corumbá de Goiás, havia um sapateiro chamado Nego, que dizia se transformar em lobisomem. Certa noite, os meninos vizinhos viram, na porta de uma garagem, faíscas que dela chispavam, e ouviram roncos vindos de dentro, como se fossem de um porcaço.

No dia seguinte, Nego perguntou aos meninos se tinham visto um lobisomem. Os garotos desconfiaram que era o próprio Nego que se passava por lobisomem, usando um esmeril da sapataria e roncando como um porco, somente para os assustar.

POÇO DO JOÃO DURO

HAVIA, EM CORUMBÁ, acima do Poço da Brandina, o Poço do João Duro, assim chamado porque nele morreu um jovem chamado João, que saltou de um barranco e ficou preso nas pedras que havia no fundo.

Seu corpo só foi encontrado duas semanas depois pelos nadadores do Poço da Brandina, onde velhos, moços e meninos tomavam banho nus, protegidos pela mata.

Depois daquela tragédia, ninguém mais teve coragem de tomar banho no sinistro valão, que ficou na memória dos moradores como símbolo da imprudência.

A BOLA DE COURO

QUANDO TINHA OITO anos de idade, ganhei de presente do meu tio paterno uma bola de couro para jogar futebol. Eu era o único dos meninos da cidade a possuir uma bola desse tipo. Por isso, os colegas me invejavam. Quando não queria mais jogar, tirava a bola de campo e o jogo acabava.

Um dia, na escola onde eu estudava, os alunos estavam brincando com minha bola quando soou a campainha sinalizando o final do recreio. Ao ver que as crianças continuaram com a brincadeira, a professora Diva, do alto da escadaria por onde passava a fila dos alunos, pediu que lhe entregassem a bola. Segurando-a com uma das mãos, disse, certamente não a sério, que iria recortá-la com uma gilete.

Eu fiquei aborrecido, porque acreditava que a professora realmente faria aquilo. Por isso, quando passei em frente dela, bati-lhe na mão que segurava a bola, que quicou. Foi então que agarrei a bola e saí correndo.

Em seguida, entrei na sala de aula, que era ministrada pela própria Diva. Terminada a aula, disse a professora que eu deveria permanecer na sala. Em vez de obedecer, saí correndo, segurando a minha bola em direção à porta de saída, vigiada por Jeromão, como era chamado pelos alunos o bedel Jerônimo Souza.

A professora gritou:

– Segura, seu Jerônimo!

Jeromão estava na porta de saída com as pernas abertas, um pé em cada batente. Passei por debaixo das pernas do bedel, que exclamou, indignado:

– Ô, menino desgraçado!

Continuei correndo com minha bola debaixo do braço até chegar em casa, onde me escondi da professora, que bem poderia, segundo eu imaginava, ir atrás de mim.

E assim terminou minha aventura com a bola de couro.

OS DOIS MENINOS

ERA UMA VEZ um menino chamado José, que morava numa cidade do interior paulista e tinha um amigo de nome João. Um dia, praticaram um ato de sodomia.

Em seguida, José subiu numa árvore e caiu, fraturando uma perna. Certo de que era um castigo divino, resolveu ser padre. Ordenou-se e foi para outra cidade do interior, onde reunia os meninos na igreja local e contava-lhes historinhas.

Certa vez, narrou o episódio que havia acontecido com José e João, dizendo, ao final:

– José é o padre que aqui lhes fala.

Todos ficaram admirados com a franqueza e a coragem do sacerdote, que revelava um fato de sua vida íntima.

OSCAR RIBEIRO E JOÃO FRANCISCO

OSCAR RIBEIRO, DEPUTADO federal, estava na tribuna da Câmara dos Deputados fazendo um discurso, no qual criticava a gestão de Leopoldo Rodrigues como presidente de uma importante empresa pública federal no governo anterior.

Foi então que João Francisco, da cidade de Leopoldo, dirigiu-se ao microfone de apartes e, como bom conterrâneo, partiu em defesa do colega, dizendo:

– Vossa Excelência pode dizer essas e outras coisas, porque explora o jogo e o lenocínio em sua cidade natal. Vossa Excelência é um ladrão!

Oscar, sem pensar duas vezes, sacou do bolso um revólver e o apontou para Francisco:

– Vai morrer agora mesmo!

Os deputados arrepiaram carreira, só restando no plenário Ribeiro e Francisco. Oscar, ao ver uma poça aos pés de João, desceu da tribuna e lhe disse:

– Eu só mato homem. Cai fora, seu desgraçado!

Francisco havia urinado nas calças e ficara paralisado de medo. A imprensa, subsidiada pela mesa da Câmara, abafou o incidente, mas há sempre testemunhas, como funcionários da casa e jornalistas.

Acredite se quiser...

DISPARADA A CAVALO

PEDRO E SEU filho de cinco anos de idade, apelidado de Pedrinho, moravam num sítio. Pedrinho cavalgava o Baião, um cavalo manso, e Pedro, uma das mulas, chamada Capetinha.

Um dia, foram à cidade, cada qual montado em seu animal, quando o Baião disparou de repente, a galope, atraído por uma fêmea. Pedrinho no começo se assustou, mas logo assumiu o controle da cavalgadura, segurando firme nas rédeas e soerguendo-se no arreio, até conseguir parar a montaria. Logo chegou o pai, trotando a Capetinha, e os dois continuaram a viagem como se nada tivesse acontecido.

O episódio ficou na memória da família e, de quando em quando, é relembrado como uma façanha de Pedrinho.

A FAZENDA DO SALTO

A FAZENDA DO Salto ficava num vale coberto de flores, junto à Serra do Tombador, assim chamada porque ali tombava muito carro de boi, carroça e caminhão.

A sede da propriedade, que se situava num lugar bucólico, era uma elegante mansão de estilo colonial, com telhados divididos em quatro águas, rematados por beirais ornados com flor de lis e vidraças que se articulavam em duas partes sobrepostas.

A fazenda tinha esse nome porque a casa principal distava cerca de mil metros do Salto do Corumbá, um ponto turístico de onde se veem duas cachoeiras que se espadanam na pedreira.

A mansão, que outrora servia ao clero como recanto de férias e recreio, foi relegada ao abandono, não se sabe bem por quê. Foi sumindo, sumindo, até que nada mais restou da antiga morada. Nem sequer uma fotografia existe para documentar a sua existência.

É uma pena que seja assim que se trata o patrimônio histórico...

TIME DA VENDINHA

FREQUENTEMENTE, O TIME de futebol de Corumbá de Goiás jogava contra o da Vendinha, uma vila do município. A torcida corumbaense gritava:

– É canja, é canja, é canja de galinha, arranja outro time pra jogar com a nossa linha!

Edmir Curado era o centroavante. A torcida bradava:

– Vai Edmir, vai Edmir!

Quando o time de Corumbá marcava um gol, os torcedores clamavam:

– Mais um, mais um!

A COMPANHIA DE ESTRADAS

EM TEMPOS IDOS, acampou, junto à Fazenda do Salto, uma companhia de estradas, para construir uma rodovia que ligasse Anápolis a Niquelândia, no norte do estado. A companhia ali permaneceu por dois anos, com cerca de oitenta trabalhadores. Construía uma estrada de terra onde antes só havia um caminho carroçável, trafegado especialmente por veículos como carro de boi, carroça e caminhão.

Trabalhavam com pás, enxadas e picaretas, bem como carroças puxadas por uma tropa de mulas, para remover a terra. A fim de quebrar a pedraria angulosa, empregava-se dinamite.

A empresa instalou seu escritório na sede da Fazenda, onde planejava as operações e de onde saíam as ordens de serviço.

Uma vitrola, movida a manivela, tocava discos de 78 rpm. Entre as canções, ouvia-se "Vamos, Maruca, vamos":

Vamos, Maruca, vamos,
Vamos pra Jundiaí,
Com os outros você vai,
Só comigo não quer ir,
Ai, não vou, não vou,

Não quero ir,
Longe de minha gente,
Você vai zombar de mim.

Depois que a companhia se foi, a vida na Fazenda ficou mais calma, mas sem a alegre presença do pessoal acampado, deixando saudades nos moradores.

A VELHA CIGANA

JUNTO À FAZENDA do Salto, que ficava no município de Corumbá de Goiás, certa vez acampou um grupo de ciganos. Um dia, uma velha cigana esteve em casa para visitar minha mãe e ofereceu-lhe um tacho de cobre. Eu era ainda criança, com cerca de quatro anos de idade, e presenciei a cena.

Como estava a bom preço, mamãe comprou a peça, que aparentemente não apresentava nenhum defeito. Assim que a cigana se retirou, minha mãe foi testar o tacho no fogão. Para sua surpresa, a vasilha estava furada! O furo havia sido coberto com cera, de modo que não se fazia notar de imediato.

Mamãe ficou muito aborrecida com o incidente, mas, assim que se acalmou, apelidou a velhota de "Com-com", imitando o modo como a ratazana pronunciava as palavras.

O caso da Com-com ficou na memória do pessoal de casa como um exemplo de velhacaria.

PADRE RODRIGUES

O PADRE RODRIGUES era professor de português no Seminário Santo Afonso, em Aparecida, SP. Foi nomeado bispo de Juazeiro, na Bahia, com o título de Dom José Rodrigues.

Costumava criticar o governo de Antônio Carlos Magalhães, que ouvia, sem turgir nem mugir, as críticas a ele endereçadas. A formiga sabe a folha que vai morder...

Dom Rodrigues morreu aos 80 anos em Trindade (GO), para onde havia se mudado depois que se aposentou.

PADRE VÍTOR COELHO

PADRE VÍTOR COELHO, sacerdote redentorista, era pregador na Basílica de Nossa Senhora de Aparecida. Suas palavras comoviam os fiéis, e o padre era considerado um santo.

Para ser canonizado, só falta provar três milagres a ele atribuídos. Espera-se a canonização em breve.

OSEAS CARDOSO

OSEAS CARDOSO, DEPUTADO federal por Alagoas, ainda é uma lenda em seu estado. Eleito sucessivamente para o mesmo cargo, ficou famoso por ter sido baleado várias vezes e sempre ter sobrevivido.

Foi também acusado de vários assassinatos a tiro, mas nunca se provou sua culpa. Com o mandato cassado pelo movimento militar de 1964, ficou morando num apartamento em Brasília.

Certa vez, um funcionário do Banco Central, morador recente do mesmo prédio em que habitava Oseas, queria subir com o seu cão pelo elevador social. Oseas Cardoso e outros moradores estavam no *hall* de entrada, aguardando o elevador, e o deputado avisou que ali não podia subir com o cachorro. Disse o servidor:

– Vou subir, sim, e quero ver quem vai me impedir!

Os presentes olharam para ele e para Oseas espantados, pois o novo morador não sabia com quem estava falando. Por sorte, o deputado deixou passar o caso em brancas nuvens, provavelmente porque não queria se envolver num crime com testemunhas.

GINO BECHI

GINO BECHI, BARÍTONO famoso, atuou num filme denominado "Pronto, chi parla?" (no Brasil, "Amor por telefone?"). Com pinta de galã, esteve no Brasil em 1955, onde vendeu muitos discos, especialmente aquele com a canção-tema do filme, "Al telefone con Te":

Come è dolce qualche volta conversare,
Cuore a cuore per telefono con te
E al segreto di quel filo confidare
Quel che a voce sempre facile non è.

Dolce filo, misterioso,
Malizioso legame d'amor
Che ci unisce di lontano
E man mano avvince due cuor.

Io tremo se
Mi porta la tua voce,
Poi chiudo gli occhi
E come in sogno vedo te.

Dolce filo, misterioso,
Delizioso legame d'amor.

Quante volte nella notte silenziosa,
Mentre veglio, dolcemente penso a te,
Poi lo sguardo sul telefono si posa
Ma la voce tua non giunge ancora a me.

Dolce filo, misterioso,
Malizioso legame d'amor
Che ci unisce di lontano
E man mano avvince due cuor.

Io tremo se
Mi porta la tua voce,
Poi chiudo gli occhi
E come in sogno vedo te.

Dolce filo, misterioso,
Delizioso legame d'amor.

CASTRO ALVES

NASCIDO EM 1847 na Fazenda Cabaceiras, hoje município de Cabaceiras do Paraguaçu (BA), Castro Alves foi morar em São Paulo no ano de 1868, acompanhando a atriz portuguesa Eugênia Câmara, da qual se tornara amante. Lá, matriculou-se no terceiro ano da Faculdade de Direito de São Paulo.

Conta-se que, durante um exame oral, o professor questionou Castro Alves sobre os direitos da mulher relacionados às Ordenações.

Em vez de responder à questão, o examinando fez um longo discurso condenando o papel inferior da mulher perante o Direito. O examinador interrompeu:

– O senhor pode ser um grande poeta, mas de Direito Civil não sabe nada!

Apesar desse episódio, Castro Alves foi aprovado, em respeito ao fato de ser um poeta famoso.

RUI BARBOSA E O FAZENDEIRO

O SENADOR RUI Barbosa visita um fazendeiro, chamado Antônio da Silva. Depois de percorrerem a fazenda, já na sala de estar, Antônio questiona Rui sobre a polêmica acerca da redação do Código Civil e a célebre controvérsia entre Rui e Carneiro Ribeiro, tão noticiada pela imprensa.

O senador expõe o problema ao anfitrião. Cerca de uma hora depois, pergunta:

- Entendeu, senhor Antônio?

- Entendi, sim, senador. É negócio de uns papéis, não é?

O DISCO VOADOR

ESPECIALMENTE A PARTIR de 1950, de tempos em tempos surgem relatos sobre aparições de discos voadores. Antes de popularizada a aviação civil ou militar, não se falava do fenômeno porque havia no ar muitas coisas inexplicáveis, como estrela cadente, balão, nuvem, pássaros.

A designação mais comum para o caso é de que seja um Ovni, ou seja, um objeto voador não identificado. O Ovni pode assumir a forma de um disco, de um pires ou de algum objeto redondo e achatado.

Até mesmo Cristóvão Colombo relatou, em seu diário de bordo, que bolas de luz seguiram sua embarcação por alguns dias, e que essas esferas não emitiam nenhum som, somente luz.

Na maioria dos casos, a hipótese mais comum é de que se trata de uma farsa. Algum espírito brincalhão lançaria algo parecido com um disco voador para impressionar os incautos.

Eu, pessoalmente, não acredito em disco voador, mas, se por acaso vir algum, guardarei para mim mesmo a visão, para não pensarem que fiquei louco.

Como se diz em espanhol, *yo no creo en brujas, pero que las hay, las hay!*

O CARRO DE BOI

EM FRENTE À minha casa, todas as manhã, às oito horas em ponto, passava um carro de boi que trazia lenha para o pessoal da cidade. O carreteiro gritava: "Ooaa, ooaa!", para animar os bois. Ouvia-se claramente o som característico do carro, produzido pelo mancal, friccionado pelo carvão contra os eixos das rodas.

O carreteiro sempre parava na venda de meu pai, de onde se lia o seguinte aviso: "Bebeu, cuspiu, pagou, sumiu".

E todos os dias o carreteiro vinha com o carro de boi, parava, entrava na venda de meu pai, bebia, pagava e se ia.

VIGILANTE

VIGILANTE ERA UM cão que tínhamos na Fazenda do Salto, situada no município de Corumbá de Goiás. Era um cachorro preto, um pouco menor que um cão policial, com uma estrelinha branca pintada na testa.

Um dia, papai foi à cidade, distante cerca de quinze quilômetros da fazenda, montado na mula, chamada Mulatinha, e acompanhado de Vigilante. Na metade do caminho havia um regato, que eles deveriam atravessar para chegar ao destino.

Mas a mula empacou, e nada a fazia atravessar o riacho. Quando papai percebeu, Vigilante também não queria o atravessar. Estava hidrófobo. Meu pai sacrificou o animal, matando-o com um tiro de espingarda na cabeça. Só então Mulatinha prosseguiu viagem.

No dia seguinte é que eu, com cinco anos de idade, fiquei sabendo da história que se passara com o cachorro. Fiquei vivamente impressionado.

AULA DE MEDICINA LEGAL

A UNIVERSIDADE DE Brasília oferecia o curso de Medicina Legal, ministrado por um médico, para estudantes tanto de Direito como de Medicina.

Um dia, o professor apresentou aos alunos de Direito dois cadáveres na sala de aula. Abriu o peito de um deles e disse:

– Este é o pulmão de um fumante: todo preto.

Abriu o tórax do outro e afirmou:

– Este pulmão é de um não fumante: todo rosa.

Um gaiato interviu:

– É, mas ambos estão mortos...

O TAXISTA E O VIGÁRIO

O VIGÁRIO TOMA um táxi e diz ao motorista:

- Casa paroquial.

O carro sai cantando os pneus, fazendo curvas perigosas, ultrapassagens forçadas e manobras arriscadas. Como o taxista havia passado cera nos bancos traseiros, o padre ia escorregando conforme o taxista fazia curvas bruscas para a direita e para a esquerda.

O vigário reclama ao motorista:

- Pode ir mais devagar, pois não estou com tanta pressa.

- Para viajar no meu carro, tem que ser macho!

Finalmente chegam ao destino. O padre pergunta:

- Quanto lhe devo?

- Não é nada, não, senhor padre.

- Muito obrigado, meu filho, pode trazer sua mãe aqui, que eu a caso de graça...

A FILHA DO DIABO

NA IDADE MÉDIA, o juro, então denominado usura, era condenado pela Igreja por ser considerado um rendimento ocioso, isto é, obtido sem trabalho.

Sob o título de lucro cessante, contornava-se a proibição, o que traz à baila uma parábola de Manuel Bernardes, publicada em sua obra *Nova floresta*, aqui parafraseada.

***

O Diabo tinha uma filha, chamada Usura, para quem procurava casamento. Mas não havia homem de bem que a quisesse sem que ela trouxesse consigo grosso cabedal em moedas de ouro.

O Diabo, então, mudou-lhe o nome, e Usura passou a se chamar Lucro Cessante. Já acorriam candidatos à porfia! (Até aqui, conforme Bernardes.)

***

Casaram-se Lucro Cessante e Capital. Celebraram-se as bodas. Festejaram o Diabo e a mulher do Diabo. Festejou a diabada.

Naquela noite, o Diabo foi dormir feliz em sua cama de labaredas. Deitaram-se o Diabo, a mulher do Diabo e o diabinho, cada qual em seu leito flamejante.

Com o vantajoso casamento, multiplicou-se o Capital. Sob a capa de lucro cessante, os juros simples e compostos passaram a ser cobrados despudoradamente.

Com a reforma protestante, caiu o veto religioso sobre o juro, uma das molas-mestras do nascente capitalismo. Caiu também a lei do justo preço, estabelecida como direito canônico, a par da interdição da usura, como limites morais à liberdade contratual.

Floresceram as companhias, proliferaram as ações, as debêntures, as notas promissórias. Longe de condenar a busca do lucro e a acumulação de riqueza, consideradas, mesmo por Lutero, como "obras do Demônio", os calvinistas viam na prosperidade terrena o "sinal da salvação".

As ideias protestantes sobre economia receberam o apoio de Adam Smith, filósofo e teólogo escocês (1723-1790), em sua obra *A riqueza das nações*, publicada em 1776.

Smith argumenta ser não só legítimo, como também desejável para a sociedade, dar aos empresários liberdade na fixação de preços e na busca do lucro.

Da demonização do juro na Idade Média à sua aprovação na Idade Moderna, foi longo o caminho percorrido pelo capital. Contudo, ainda há quem considere os juros e o capital como obras do demônio.

A ARANHA E O URUBU

A ARANHA, QUE estava com muita fome, não achava nada para comer. Ao ver passar um urubu, o aracnídeo pede que o leve a um lugar, onde possa se alimentar.

A aranha sai voando nas asas da ave, que a deixa à beira de um rio. Para atravessá-lo, a aranha pede carona a um jacaré. O réptil quer devorá-la, mas ela consegue escapar. Já alimentada, a aranha volta feliz para seu ninho, sã e salva.

Moral da história:
Em rio de jacaré, urubu voa de costas.

A CORUJA E A RAPOSA

A CORUJA ESTAVA na floresta, onde chocava um ninho de corujinhas, quando encontra a raposa e lhe pede:

- Dona raposa, eu te peço, por favor, não coma os meus filhotes.

- E como são os seus filhotes?

- São os mais bonitos da floresta!

No dia seguinte, a coruja vê novamente a raposa:

- Mas, dona raposa, mesmo eu tendo implorado, a senhora comeu os meus filhinhos!

- Eu não! O que eu devorei foram uns passarinhos muito feios que encontrei por aí! - retruca a raposa.

- Pois, dona raposa, essas eram as minhas corujinhas!

Moral da história:
Aos olhos das mãe, os filhos são sempre lindos.

A FESTA NO CÉU

O MACACO REÚNE a bicharada no meio da floresta e anuncia:

- Vai haver uma festa no céu!

E o sapo responde:

- Oba!

O macaco continua:

- E vai haver muita comida!

E o sapo, novamente:

- Oba!

- Mas há um porém: bicho de boca muito grande não entra.

- Coitadinho do jacaré! - exclama o batráquio.

Moral da história:
Quem muito quer, nada tem.

A FESTA NAS ALTURAS

ENTRE A BICHARADA da floresta, espalhou-se a notícia de que haveria uma festa no céu. Como o céu fica lá no alto, só os bichos alados poderiam comparecer.

O sapo, não tendo asas para voar, pensou numa solução: ofereceu uma boa gorjeta ao urubu e pegou carona dentro da viola da ave.

Já no céu, qual não foi a surpresa das outras aves ao verem um sapo também na festa!

Terminada a fanfarra, o batráquio alojou-se novamente dentro da viola do urubu, voltando feliz para a terra.

Moral da história:
Quem não pode ir à festa de um jeito, vai da maneira que pode.

A FILHA DO SAPO

ERA UMA VEZ um rei que tinha um filho chamado João. Como já havia completado dezoito anos, o rei mandou João procurar emprego.

À procura de serviço, João chegou a um velho castelo, onde foi recebido pela filha do sapo, que se chamava Antônia. Apesar de muito feia, ela era bastante generosa e ofereceu-lhe hospedagem, que João aceitou de bom grado. À noite, convidou-o para a ceia, e o príncipe comeu do bom e do melhor.

João despediu-se da filha do sapo, que, na verdade, era uma bela princesa encantada. Montou no cavalo e voltou para casa, trazendo na mão um saquinho fechado, presente de Antônia.

Qual não foi a surpresa dos pais quando viram do que se tratava o presente: era um saquinho cheio de ouro! O rei e a rainha ficaram admirados com aquela dádiva e abençoaram o filho, que voltou ao encontro de Antônia. Chegando ao velho palácio, a filha do sapo pediu João em casamento. O príncipe, embora a contragosto, acabou aceitando a proposta.

Assim que se casaram, a filha do sapo transformou-se em uma bela princesa. Celebraram-se as bodas, que duraram três dias e três noites. E os noivos vivem felizes por muitos anos.

Moral da história:
O bem se paga com o bem.

A FUGA PARA O EGITO

MARIA, JOSÉ E o menino Jesus seguiam, montados num jumento, para o Egito, fugindo da perseguição dos soldados do rei Herodes, que decretara a morte de todos os meninos com menos de dois anos de idade. Resolveram parar numa gruta e entrar na caverna, que estava coberta por teias de aranha.

Quando chegou a soldadesca, parando diante da gruta, um dos soldados disse a seu chefe:

– Vamos embora, porque não há ninguém aqui. A gruta está fechada por teias de aranha!

Assim que se retiraram, Maria e José seguiram sãos e salvos para o Egito, escapando da perseguição.

Maria abençoou a aranha, que salvou a Sagrada Família.

Moral da história:
Não devemos matar um inseto inocente.

A JOVEM E O VULTO

UMA JOVEM COSTUMAVA ficar à janela até altas horas da noite, e a mãe sempre a aconselhava:

– Minha filha, vá dormir. Quem fica na janela até muito tarde acaba vendo o que não deve.

– Não se preocupe mãe, que já vou dormir.

Em vez de obedecer, a filha continuava na mesma posição, observando o que se passava na rua.

Até que, em um certo dia, passou um vulto com uma vela acesa e disse à mocinha:

– Por favor, guarde esta vela até que eu volte.

A donzela, distraída, deixou a vela dentro do quarto e continuou observando o movimento no lado de fora. O desconhecido voltou e perguntou pela vela. Ao voltar o olhar para dentro do quarto, a moça viu, estarrecida, um esqueleto deitado sobre a cama. A caveira levantou-se e foi embora, deixando a menina boquiaberta.

No dia seguinte, a jovem nada contou para a mãe sobre o que tinha acontecido, mas o episódio serviu de exemplo às moças desobedientes.

Moral da história:
Quem faz o que quer, vê o que não quer.

A MULHER MEXERIQUEIRA

O HOMEM ERA casado com uma mulher que não sabia guardar segredo. Um dia, para testá-la, trouxe para casa um ovo de pato sem que ela soubesse.

No dia seguinte, já de manhã, disse à esposa que tinha botado um ovo e pediu-lhe sigilo. A mulher jurou que nem ao padre revelaria o acontecido.

Assim que o marido saiu para trabalhar, a primeira coisa que a mulher fez foi contar à vizinha o que tinha ocorrido, pedindo-lhe segredo. A vizinha afirmou que não contaria nada a ninguém, mas revelou o fato a outra vizinha, e assim por diante.

Ao fim do dia, o homem já havia botado dezenas de ovos, segundo se dizia na vizinhança. Furioso, deu uma surra na mulher, de deixá-la moída de pancadas, para que aprendesse a lição.

Moral da história:
Quem conta um conto, aumenta um ponto.

A RAPOSA E A ONÇA

A RAPOSA VÊ um cavalo carregado de vasos cheios de mel de abelha e deita-se no meio da estrada, fingindo-se de morta. O cavaleiro para ao avistar a raposa e acha o canídeo felpudo muito bonito. Pensando em aproveitar o pelo do animal, coloca-o no meio da carga e segue viagem. A raposa, então, farta-se de mel, pula do cavalo e foge para o mato.

O dono da montaria, furioso, não mais a vê. Mais tarde, a raposa encontra a onça, que comenta como a amiga está bela e gorda e pergunta-lhe a razão.

- Encontrei mel de abelhas, que dá beleza e força.

- E onde achou?

- No lombo de um cavalo que passava pela estrada.

Curiosa, a onça também quis se lambuzar do mesmo produto. Deita-se no caminho, fingindo-se de morta. Quando o dono da montaria a vê, quer logo a matar. Não vendo o animal se mexer, dá-lhe umas estocadas com uma vara e brada ao companheiro:

- É uma onça morta! Vamos tirar-lhe o couro.

De fato, arrancam a pele da onça, que, meio esfolada, volta para o mato à procura da raposa, para se vingar.

Moral da história:
Quem copia os outros sem competência se dá mal.

A SABEDORIA DE SALOMÃO

UM PAI RICO aconselhou seu filho a sair de casa e correr o mundo, não sem antes lhe dar dinheiro para a aventura. Mas o filho gastou todo o dinheiro, ficou pobre e, envergonhado, não quis voltar para casa. A conselho de alguém, saiu à procura do rei Salomão, que o recebeu em seu palácio. O moço relatou seu problema, e o rei perguntou se ele havia comido alguma coisa.

– Não. – disse o jovem.

Salomão, então, mandou que trouxessem comida para o rapaz, que saciou sua fome. Disse o rei:

– A todos que necessitam eu ajudo, mas é preciso que façam o bem igualmente aos outros.

Foi então que se aproximou uma carruagem, de onde desceu um pajem, dizendo que o tio do jovem, um rei, tinha morrido e lhe deixado o trono.

O tempo se passou, e Salomão, disfarçado de um velho padre, resolveu experimentar as virtudes do novo rei.

Chegando ao palácio, perguntaram-lhe o que desejava.

– Gostaria que o rei arranjasse um emprego para o meu sobrinho, que também é padre.

– Volte outro dia! – mandou dizer o soberano.

Dias depois, o falso padre retornou com o mesmo pedido. Desta vez, o rei mandou que ele fosse ao engenho moer cana, sem lhe oferecer nada para comer. De repente, o palácio desapareceu e o rei se viu pobre outra vez. Foi novamente à procura de Salomão, que o despachou com as seguintes palavras:

– Vá moer cana ou volte para a casa do seu pai.

Ouvindo isso, o jovem compreendeu que tudo havia sido um passe de mágica do rei Salomão, feito simplesmente para testar seu caráter.

Envergonhado, o rapaz retornou ao lar paterno, tendo aprendido a não ser tão orgulhoso!

Moral da história:
Não devemos esquecer o bem que nos fizeram, para que não nos venha o mal.

A SECA NO SERTÃO

EM TEMPOS IDOS, São Pedro andava pelo sertão nordestino, fazendo o bem ao povo sofrido. Mas era malquisto, e os sertanejos, maldosos, resolveram expulsá-lo.

Para esse fim, prepararam um barco e o lançaram ao mar, com São Pedro dentro dele. Proveram a embarcação de comida, mas sem nenhuma água de beber. Com muita sede, o santo amaldiçoou os sertanejos:

- Povo ingrato, vós tereis uma grande seca, a qual se repetirá por muitos anos!

Moral da história:
A quem paga o bem com o mal, o castigo vem a galope.

MARIA E O PRÍNCIPE ENCANTADO

UM CHEFE DE família, muito pobre, tinha vários filhos e não conseguia os alimentar. Um dia, levou-os a um passeio pela mata. Ao parar em determinado ponto, resolveu deixar Maria, uma de suas filhas, dizendo que voltaria logo.

Mas o pai não voltou logo. As horas se passavam, e nada de o pai voltar. Sentindo-se abandonada, Maria andou, andou, andou, e foi parar num casebre muito pobre. Não vendo ninguém dentro, resolveu entrar assim mesmo. Foi quando ouviu uma voz:

– Senta-te à mesa, que será servida a ceia.

Dito e feito: Maria sentou-se e lhe foi servida uma ceia saborosa.

– Agora, preste atenção. Do lado de fora, encontrarás um cavalo branco, selado. Monta-te nele e vai para casa, que teu pai está doente.

Chegando à casa, qual não foi a alegria do pai em revê-la sã e salva!

Eis que, naquele momento, passou um cavaleiro montado, que se encantou da jovem e a pediu em casamento. Maria, então, consultou o pai, que lhe disse:

– Se o cavaleiro passar outra vez, vai com teu irmão.

No dia seguinte, passou de novo o jovem, que a convidou a segui-lo. Maria, montada em seu cavalo branco e acompanhada do irmão, seguiu o cavaleiro. Foram parar em um castelo, onde o rei mandou preparar uma cavalhada.

No dia seguinte, teve início o espetáculo, que duraria três dias, por várias horas ao dia. Doze cavaleiros, cada um por sua vez, deveriam derrubar uma argola colocada num lugar bem alto, a todo galope.

Um misterioso cavaleiro, que usava máscara para não ser reconhecido, venceu todos os adversários e depositou a prenda nas mãos de Maria, que estava sentada ao lado do rei.

Maria encantou-se pelo cavaleiro, e o sentimento foi recíproco. O cavaleiro desconhecido pediu a jovem em casamento.

O rei, então, quis saber quem era o jovem que venceu o torneio. Para esse efeito, organizou um baile no castelo, ao qual compareceu o mascarado, que convidou Maria para dançar. O mascarado, que era um bom pé-de-valsa, encantou a jovem com seus passos elegantes.

Já passava da meia-noite quando o jovem tirou a máscara e revelou sua identidade. Era um príncipe disfarçado.

O príncipe pediu Maria em casamento, que consultou o pai e recebeu dele seu consentimento para as núpcias.

Assim, celebraram-se as bodas, que duraram três dias e três noites, e Maria e seu príncipe viveram felizes por muitos anos...

MULA-SEM-CABEÇA

NO AMPLO INTERIOR do país, especialmente no meio rural, é comum ouvir histórias da mula-sem-cabeça, uma criatura nascida de coito danado, isto é, da união de mulher com padre.

Diz a lenda que o animal aparece em estradas de terra, correndo sem parar, assustando os viajantes e, até mesmo, estourando boiadas inteiras com o clarão das chamas que saem pelas ventas ou pelo pescoço. Ademais, o relincho da mula seria um mau presságio a quem o ouvisse.

Acredite se quiser...

O CHUPA-CABRA

DIZEM HAVER, EM algum lugar do interior do Brasil, um animal estranho apelidado de chupa-cabra. O bicho faz um orifício no corpo de um animal e lhe retira os órgãos internos, principalmente o cérebro.

A história está mais para folclore do que para realidade, mas há quem jure ser verdadeira.

Acredite se quiser...

O FOGO-FÁTUO

NO VASTO INTERIOR do Brasil, costuma ocorrer, especialmente em pântanos e cemitérios, um fenômeno estranho: uma bola de fogo azulada surge de repente, perseguindo a quem está perto.

Trata-se do fogo-fátuo, produzido pelos gases da matéria decomposta. Essa misteriosa aparição tem dado origens a lendas, como alma penadas, assombrações e fantasmas.

Entre os índios brasileiros, o fenômeno originou a lenda do Boitatá, um facho de fogo que perseguiria os índios, matando-os, como relata o padre Anchieta numa de suas cartas.

Curiosamente, a bola de fogo de cor azulada dura apenas alguns segundos. Se a pessoa que a avista corre, o fogo a persegue em virtude do movimento produzido pelo deslocamento do ar.

Trata-se, portanto, de um fenômeno natural, hoje totalmente esclarecido pela ciência. Porém, na população rural, ainda é considerado um grande mistério.

O FOLHARIÇO

HOUVE UMA GRANDE seca no sertão, e só havia uma fonte de água, que ficava ao pé de uma serra, na floresta. A onça, faminta, resolveu vigiar a fonte, a fim de pegar qualquer animal que fosse beber água, mas a verdade é que ela estava especialmente interessada na raposa, de quem queria se vingar.

A história começa antes, portanto, quando a onça, fingindo-se de morta, tentou pegar a raposa, mas esta, esperta, desconfiou da situação e mandou que os outros animais cutucassem o felino com uma vara, descobrindo, então, que a onça estava bem viva e se safando da emboscada.

A raposa, após três dias sem beber água, estava com muita sede. Mas como fazer, se a onça vigiava a fonte? A raposa teve uma ideia que considerou brilhante: untou-se de mel e rolou na folhagem. E assim, coberta de folhas, foi até a fonte.

A onça, quando viu aquele animal estranho, perguntou-lhe:

– Que bicho és, que nunca te vi por aqui?

– Sou o Folhariço. – respondeu o animal felpudo.

– Então pode beber.

A raposa fartou-se de beber água, mas, ao molhar a folhagem, revelou sua verdadeira identidade. O felino quis pegá-la, mas ela conseguiu escapar.

Moral da história:
As aparências enganam.

O JABUTI E AS PEDRAS

O JABUTI FOI pego pela águia, e esta, cansada de carregar tanto peso, resolveu soltá-lo sobre um monte de pedras.

– Não me jogue nas pedras, jogue-me na água! – exclamou o quelônio.

Mas a ave não atendeu ao pedido e o largou sobre as pedras. Por isso, o jabuti tem até hoje o casco fragmentado.

Moral da história:
Se você quer alguma coisa, não deve confiar muito em quem tem o poder de dar ou negar.

O OVO DE COLOMBO

PERGUNTARAM A CRISTÓVÃO Colombo, num banquete comemorativo pela descoberta da América, se alguém poderia ter encontrado o novo continente antes que o famoso navegador genovês o tivesse feito.

Para ilustrar a questão, Colombo pega um ovo de galinha e o bate de leve sobre a mesa, amassando a casca de uma das pontas, fazendo com que o ovo pare em pé.

- Eis a solução! - diz Colombo.

- Assim é fácil. Qualquer pessoa poderia ter feito o mesmo! - retrucam os comensais.

Continua o famoso navegador:

- Depois que mostrei o caminho, qualquer um poderia ter chegado lá!

Moral da história:
Se ninguém consegue atinar com a solução de um problema, ela se torna simples, depois de demonstrada.

O BAILE NA SEXTA--FEIRA SANTA

HÁ MUITO TEMPO, numa fazenda do interior mineiro, os moradores locais deram um baile numa Sexta-Feira Santa. A dança estava do jeito que o diabo gosta, quando, à meia-noite, a terra se abriu e, em seguida, se fechou, engolindo os dançarinos.

Dizem que até hoje é possível ouvir, à meia-noite de toda Sexta-Feira Santa, colocando-se o ouvido no chão, o ruído do baile. Pode-se escutar a sanfona tocando e os bailarinos dançando, como se estivessem vivos!

Acredite se quiser...

O CAIPIRA E O PADRE

O CAIPIRA E o padre iam viajando pelo sertão, sem nada para comer. Em determinado momento, conseguem um pedaço de queijo. Não sabendo como reparti-lo, o sacerdote sugere que o bocado deveria ficar com aquele que tivesse o mais belo sonho.

No dia seguinte, cada um conta o que sonhara:

– Sonhei que tinha morrido e fui para o céu. – diz o religioso.

– Pois eu sonhei com o queijo e, como o senhor já estava no céu, resolvi comê-lo. – retruca o caboclo.

Moral da história:
Quando a fome bate, nem ao padre se respeita.

O CAÇADOR DE ONÇAS

ERA UMA VEZ uma onça que devorava os bezerros de uma fazenda. O fazendeiro ofereceu o prêmio de um conto de réis a quem matasse o felino, mas ninguém tinha coragem de fazê-lo.

Um dia, apareceu um sujeito se dizendo disposto a pegar o animal, vivo ou morto. O dono da fazenda aceitou a oferta, e o camarada foi com seu cavalo caçar a onça.

Cerca de duas horas depois, ele voltou galopando e atravessando o curral:

– Peguem a onça que vem aí atrás, porque são duas! Estou indo em busca da outra!

Na realidade, o caçador se intimidou com a presença da fera e estava fugindo, e inventou a história das duas onças para não parecer covarde.

O FÍGADO DA OVELHA

JESUS VAI CAMINHANDO pela estrada com Pedro e João. Recebem de presente uma ovelha, e Pedro fica encarregado de assá-la. Enquanto o discípulo prepara a refeição, resolve comer o fígado do animal.

Na hora do almoço, Jesus pede o fígado. Diz Pedro:

– A ovelha não tem fígado.

– Mas como não? Todo mamífero tem fígado.

Após a refeição, os três continuam caminhando e atravessam um rio. Jesus e João conseguem passá-lo facilmente, mas Pedro não consegue sair da água e começa a se afogar. Grita:

– Salve-me, Senhor!

O Mestre deixa-o sofrer um pouco, mas depois o resgata.

Pegam de novo a estrada e se deparam com um trecho em chamas. Jesus e João caminham pelo fogo, mas Pedro começa a se queimar:

– Acode-me, Jesus!

O Senhor deixa-o no fogo por algum tempo e depois o salva. Em seguida, Jesus pergunta:

– Quem comeu o fígado da ovelha?

– A ovelha não tem fígado! – exclama Pedro.

Os três prosseguem viagem e encontram um fazendeiro, que está com o filho morrendo. Jesus o salva, recebendo de presente moedas de ouro. Mais adiante, o Mestre divide o dinheiro em quatro partes. Pedro pergunta:

- Por que dividiu as moedas em quatro porções?

Responde Jesus:

- Uma parte é minha, outra de João, e as duas restantes são suas.

Pedro aceita as duas partes de bom grado, mas Jesus novamente questiona:

- Quem comeu o fígado?

Pedro, então, admite:

- Fui eu!

Moral da história:
O homem resiste mais à água e ao fogo do que à moeda.
O dinheiro tudo compra.

O HOMEM SOLTEIRO E A DONZELA

UM HOMEM SOLTEIRO, já maduro, resolveu que deveria procurar uma noiva. Foi a uma casa e pediu um copo d'água, e, para lhe trazer a bebida, apareceu uma dama, já meio velha. O solteirão gostou muito dela e pensou em casar-se.

No dia seguinte, foi a outra casa, pediu um copo d'água e foi servido por uma bela viúva. O moço encantou-se e pensou em com ela se casar.

No terceiro dia, foi a uma palhoça e novamente pediu um copo d'água, que foi trazido por uma donzela. Pensou ele:

– É com esta que vou me casar!

Indeciso, procurou o conselho do padre, que lhe disse:

– Uma é dama, a outra é viúva e a outra é donzela. É com a última que você deve se casar.

Dito e feito: o moço contraiu núpcias com a mocinha.

Moral da história:
Para cavalo velho, o remédio é capim novo.

O JOVEM COM CARA DE BICHO

ERA UMA VEZ uma rainha que não tinha filhos. Pediu a Deus que lhe desse um filho, nem que fosse um com cara de bicho. Nasceu, assim, um herdeiro com cara de cavalo.

Envergonhados, o rei e a rainha escondiam o filho para que ninguém o visse. Ele foi crescendo, crescendo, e continuava confinado no palácio, sempre trancado no quarto.

Um dia, já rapaz, o príncipe decidiu ganhar o mundo e partiu para terras longínquas. Num lugar bem distante, encontrou um castelo, separado do resto do reino por um abismo.

O rei daquela região oferecia um prêmio em moedas de ouro a quem construísse uma ponte, ligando o castelo ao restante do reinado.

Aquele que construísse a ponte se casaria com a princesa. Porém, quem tentasse e não conseguisse, sofreria pena de morte. A muralha do castelo era decorada com cabeças pendentes de pessoas que tentaram construir a ponte e fracassaram. Mesmo assim, o príncipe com cara de cavalo resolveu aceitar o desafio.

A princesa, da janela do palácio, tudo observava.

Após examinar a situação durante três dias e três noites, finalmente o príncipe concluiu o pontilhão, tendo sempre o cuidado de se manter disfarçado para que ninguém visse seu rosto.

O rei, para celebrar o feito, mandou que se apresentassem as cavalhadas. Apareceram doze cavaleiros. Ganharia um prêmio aquele que derrubasse as argolas colocadas num lugar bem alto. Um cavaleiro mascarado e misterioso, recolhendo a maior parte das argolas, foi declarado o vencedor da prova nos três dias de competição.

O mascarado, então, ofereceu a prenda à princesa, que estava sentada ao lado do rei.

Ao anoitecer, o rei comemorou com uma festa no palácio, na qual os fidalgos dançavam alegremente. O mascarado aproveitou a oportunidade e tirou a princesa para dançar. Ela se encheu de alegria, pois ele era realmente um pé de valsa!

À meia-noite, o príncipe decidiu tirar a máscara e revelar a sua identidade. Como num passe de mágica, ele se transformou num lindo rapaz. O rosto de cavalo havia sumido, e ele, jovem e belo, revelou-se à princesa, contando sua verdadeira história.

O jovem, então, pediu a mão da princesa em casamento. Após receber a bênção do rei, realizaram-se as bodas, e os noivos viveram felizes por muitos anos.

O MACACO COM PELE DE ONÇA

O FAZENDEIRO TINHA uma roça de milhos, que os macacos da região costumavam roubar sempre que tinham a oportunidade. Os primatas faziam um atilho, isto é, atavam uma espiga na outra e as colocavam no ombro, para mais facilmente levar o produto.

Um dia, o dono da roça teve uma ideia para afugentar os animais. Pegou um deles, revestiu-o com uma pele de onça e o soltou na plantação. Seus companheiros, pensando tratar-se de uma onça de verdade, saíram fugindo em disparada, e o macaco que estava coberto com a pele do felino, sem nada entender, foi correndo atrás.

Foram vistos quilômetros adiante, correndo por um morro, e desapareceram para sempre.

E foi assim que o fazendeiro se livrou dos primatas larápios.

O MACACO E A ONÇA

O MACACO VENDIA mel para obter uns caraminguás e comprar guloseimas. Como não gostava da onça, queria pregar-lhe uma peça. Assim, um dia o macaco pegou um pote cheio de estrume e ofereceu o produto ao felino, que, sem saber do que se tratava, o comprou. O primata saiu correndo, rindo da ingenuidade da onça.

Para se vingar, a onça decidiu construir um boneco de cera com guloseimas nas mãos. O macaco, ao avistar o boneco, resolveu pegar os doces e acabou preso ao artifício. Foi então que a onça se aproximou para devorar o macaco, mas o primata conseguiu se livrar e, outra vez, fugiu, debochando do seu inimigo.

Moral da história:
O inimigo da onça também tem seu dia de glória.

O MACACO NOVO E A CUMBUCA

O MACACO NOVO viu uma cumbuca pendurada numa árvore. Curioso, enfiou a mão no recipiente para ver o que tinha dentro. Pensou:

– Deve haver alguma coisa saborosa para comer!

Mas ficou com a mão presa. Só mais tarde seus companheiros vieram socorrê-lo. Um primata velho ajudou-o na operação de resgate.

Moral da história:
Macaco velho não mete a mão em cumbuca.

O MENINO E O BURRICO

UM VELHO ROCEIRO, já cansado de trabalhar, um dia vai voltando da roça com a mulher e o filho, dizendo:

- Se Deus quiser este ano a lavoura vai ser boa, e eu vou poder comprar um burrinho para a minha montaria!

- Eu também quero montar nele. - diz o menino.

- Não vai montar, nem que a vaca tussa! - atalha o pai.

Chegando à casa, o pai dá uma surra no filho, para que ele nem pense em subir no animal.

Moral da história:
Quem diz o que quer, vai dar com os burros n'água.

O PRÍNCIPE COM CARA DE CAVALO

ERA UMA VEZ, num reinado muito longínquo, um rei que tinha três filhas, cada qual mais bonita que a outra. O rei procurava marido para sua filha mais jovem, que, além de ser a mais bela do reino, era aquinhoada com um dote em moedas de ouro.

O soberano mandou organizar uma festa, à qual compareceram vários cavaleiros para disputar a mão da princesinha, para inveja de suas irmãs. Casaria com a mais nova aquele que vencesse a competição, que consistia em derrubar, a galope, uma argola pendurada num lugar muito alto. Acorreram vários candidatos, cada qual procurando derrubar a argolinha. Venceu um cavaleiro que, a todo galope, conseguiu realizar a façanha.

O que ninguém sabia é que o cavaleiro mascarado tinha cara de cavalo. Tendo vencido a competição justamente, ganhou a mão da princesa. Realizaram-se as núpcias, e o vencedor, ainda mascarado, recusava-se a mostrar o rosto.

O casal foi morar num palácio muito distante, onde ficava escondido dos amigos e demais palacianos do reinado do sogro.

O príncipe vivia feliz, mas a princesa, não, porque o marido não mostrava o rosto a ninguém. Um belo dia, apareceu uma fada, que, num passe de mágica, desencantou o príncipe, transformando-o em um guapo rapaz, formoso e forte. Assim, viveram felizes por muitos e muitos anos.

Moral da história:
As aparências enganam.

O PÉ DE PATO

NUMA FAZENDA, OS locais resolvem dar um baile, à noite, em plena Semana Santa. Mas o sanfoneiro não aparece. Os donos da casa rezam para que venha um acordeonista, nem que seja o diabo!

Cerca de uma hora depois, chega um cavaleiro, trazendo um acordeão.

- O pessoal está reunido para um baile, mas não temos sanfoneiro. O senhor aceita tocar?

- Sim, com prazer!

O sujeito apeia do cavalo e começa a executar seu instrumento. O baile está do jeito que o diabo gosta! Quando dá meia-noite, um menino olha por baixo do banco onde está sentado o sanfoneiro e grita:

- Ele tem pés de pato!

Todos olham e confirmam que o acordeonista realmente possui pés de pato. Imediatamente o sujeito desaparece, e a dança termina.

Moral da história:
Se invocar o diabo, ele vem.

O REI ESTÁ NU

ERA UMA VEZ um rei, muito orgulhoso, que sentia prazer em humilhar os seus súditos. Um dia, o rei resolveu encomendar a seu alfaiate uma roupa muito fina, para exibir toda a sua vaidade. Contratou o melhor costureiro da corte, que trabalhou durante dias e dias até que finalmente terminou a obra.

O soberano recebeu a roupa e a experimentou diante do espelho. Pelo reflexo, não viu nenhum traje vestindo-o, mas não se deu por achado. Elogiou o trabalho do profissional e foi desfilar pela cidade. Os puxa-sacos enalteceram-lhe os trajes, e todos manifestaram admiração.

Eis que, de repente, um menino gritou do meio do povo:

– O rei está nu!

Todas as pessoas perceberam, então, que sua majestade se apresentava ao público só de cuecas.

Muito envergonhado, o rei retirou-se para o seu palácio e se escondeu em seu quarto, amaldiçoando o alfaiate e os puxa-sacos.

Até hoje, quando uma pessoa se gaba, sem razão, de sua vestimenta, costuma-se dizer: o rei está nu!

O SAPO NA LAGOA

O SAPO FOI agarrado pelo gavião, que pretendia o jogar nos espinhos. Esperto, disse o primeiro:

– Espinhos não me furam!

O gavião pensou, então, em soltá-lo no fogo.

– O fogo não me queima!

A ave mais uma vez mudou de ideia e cogitou lançá-lo nas pedras.

– Pedra não me mata!

– Então, vou jogá-lo na lagoa! – decidiu o gavião.

– Na água, não, que eu me afogo! – exclamou o batráquio.

Já na lagoa, bradou o sapo:

– Eu gosto é de água! Eu gosto é de água!

Por isso, quando alguém recusa o que mais gosta, costuma-se dizer que "é sapo com medo de água".

SOBRE O AUTOR, MARIO BIMBATO

ESCRITOR, POETA E cantor.

Bacharel em Direito pela Universidade de Brasília (1970). Mestre em Direito pela Universidade de Yale (1973). Advogado do Departamento Jurídico da MBR – Minerações Brasileiras Reunidas S.A. (Grupo Caemi), no Rio de Janeiro (1973-1974). Assessor jurídico da IBM do Brasil, no Rio de Janeiro (1973-1974). Advogado de empresas no escritório Bulhões Pedreira, Bulhões Carvalho e Advogados Associados, no Rio de Janeiro (1974-1975). Assessor do Ministro da Fazenda (1975-1979). Membro da Comissão de Estudos Tributários Internacionais do Ministério da Fazenda (1975-1979). Professor-colaborador de Direito Comercial no Departamento de Direito da Universidade de Brasília (1978-1980). Consultor Jurídico da Secretaria de Planejamento da Presidência da República (1979-1981). Procurador do Estado do Rio de Janeiro (1987-1995). Consultor Jurídico do Ministério da Indústria, do Comércio e do Turismo (1995-1999).

Titular do Sexto Tabelionato de Protesto de Títulos em São Paulo, capital, desde 2000, mediante concurso público, no qual venceu o primeiro lugar.

Impressão e acabamento:

Orgrafic
Gráfica e Editora
tel.: 25226368